JIRO TANIGUCHI **DER SPAZIERENDE MANN**

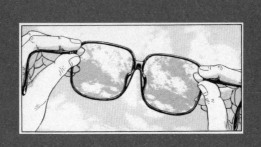

JIRO TANIGUCHI

DER SPAZIERENDE MANN

CARLSEN COMICS NEWS • jeden Monat neu per E-Mail
www.carlsencomics.de • www.carlsen.de

CARLSEN COMICS • Durchgesehene Neuausgabe / New German Edition • © Carlsen Verlag GmbH · Hamburg 2012
Aus dem Japanischen von John Schmitt-Weigand • Jiro TANIGUCHI: »ARUKU HITO« © Jiro TANIGUCHI, 1992 • All rights reserved • First publication in Japan by Kodansha Ltd. 1995 • Publication rights for this German edition arranged with Jiro Taniguchi through le Bureau des Copyright Francais, Tokyo • The story »Zehn Jahre danach...« appeared in BANG No. 3 in July 2003 by Editions Casterman S.A. • © für das Vorwort: Andreas Platthaus und Carlsen Verlag GmbH 2012 • Redaktion: Kai-Steffen Schwarz und Petra Lohmann • Lettering: Ronny Willisch • Herstellung: Gunta Lauck • Alle deutschen Rechte vorbehalten • ISBN: 978-3-551-77879-6

INHALTSVERZEICHNIS

Vorwort von Andreas Platthaus 09

Vögel beobachten 15

Schneeflocken 23

In der Stadt 32

Auf dem Baum 41

Es regnet 49

Nächtliches Schwimmen 57

Nach dem Taifun 65

Ein langer Weg 73

Sternennacht 81

Enge Gassen 89

Verschwommene Landschaft 97

Unter dem Kirschbaum 105

Verlorenes Objekt 113

Morgendämmerung 121

Der Sonnenschutz 129

Ein schönes Bad 137

Das Meer sehen 145

Zehn Jahre danach... 153

Autorenbiografie Jiro Taniguchi 166

HUNDERT ASPEKTE DES
SPAZIERENDEN MANNES von Andreas Platthaus

Bevor Sie dies hier lesen, schauen Sie sich schon einmal das erste Bild des Buches an. Was sehen wir? Einen jungen Mann, der durch eine stille Straße geht. Über ihn werden wir während der Lektüre nicht viel erfahren, sofern wir an handfesten Fakten interessiert sind: Er hat keinen Namen, wir wissen nicht welchen Beruf er ausübt, noch in welcher Stadt er lebt. Und doch begegnen wir ihm auf eine Weise, die intensiver ist als jegliche andere Bekanntschaft, die man mit literarischen oder auch realen Personen machen kann. Wir sehen die Welt mit seinen Augen, und das so buchstäblich, dass wir die Umgebung fragmentiert wahrnehmen, als die Brille des Mannes zerbricht.

Es ist eine kleine Welt, die er uns zeigt. So klein wie die Straße des Auftaktbildes. Und doch ist sie unendlich genau geschildert. Sehen Sie sich den Gullideckel hinter dem Mann an, die Installationen der eilig miteinander verschweißten und verschraubten Strommasten, wie sie für japanische Siedlungen so typisch sind, die einzelnen Blätter des kleinen Baumes im Vorgarten, die Dachziegel, die Kacheln der Mauer, die kurzen von der Seite einfallenden Schatten, das Fahrrad in der Einfahrt. Und natürlich den Mann selbst, dessen offener Parka einen Rückschluss auf die Jahreszeit gestattet: Herbst, aber ein sonniger, mutmaßlich später Oktober, denn die Bäume tragen noch alle ihr Grün. Es ist ein glücklicher Tag, und das sieht man dem Spaziergänger an. Wäre man im Deutschen nicht zur Treue gegenüber dem japanischen Titel »Aruku hito« verpflichtet, hätte man dieses Buch auch anders nennen können: »Der lächelnde Mann«.

Unsere erste Begegnung mit ihm ist nicht in die Chronologie des Geschehens eingebettet. Das Auftaktbild ist aus der erzählten Zeit gefallen. Es porträtiert den Erzähler, der nichts sagen wird, weil er alles wortlos vorführt. Es ist eine Zufallsbegegnung in der kleinen Gasse, so beiläufig wie diejenigen mit der

VORWORT

alten Dame, die zurück in ihr Wohnheim will, mit den Schulmädchen auf der Bank des Spielplatzes, den Läuferinnen, dem Vogelbeobachter im nahen Gehölz, den Müttern und Kindern. Nur dass auf diesem ersten Bild der Blick des Mannes, der sonst jede dieser Begegnungen so neugierig registriert, nicht auf uns gerichtet ist. Seine Augen schauen hier leicht nach oben, und wir dürfen uns vorstellen, dass er zum Himmel blickt, dem ohnehin seine größte Aufmerksamkeit gilt. Immer wieder sehen wir mit ihm nach den Wolken, der Sonne, den Sternen oder dem Mond – jenem Himmelskörper, für den die Japaner einen herrlich klingenden Namen haben: tsuki.

Eine der schönsten Serien des ukiyo-e, des japanischen Farbholzschnittes, heißt »Tsuki hyakushi«, hundert Aspekte des Mondes. Yonejiro Owariya, der den Künstlernamen Yoshitoshi führte, gestaltete sie von 1885 bis 1892 in seinen letzten sieben Lebensjahren. Es ist eine poetische Dokumentation von Stimmungen während historischer oder mythischer Ereignisse, die sich zu bestimmten Mondphasen ereignen. »Der spazierende Mann« ist dieser Serie dadurch verwandt, dass auch Jiro Taniguchi die Veränderungen am Himmel zum Movens der Handlung werden lässt. Es sind hundert Aspekte des spazierenden Mannes, die er uns vorführt, auch wenn er sich nie aus der Ruhe des Flaneurs bringen lässt. Sonne, Wind und Regen treiben um ihn herum das Geschehen voran – so wie bei Utagawa Hiroshige in seinen berühmten Holzschnitten mit dem plötzlichen Windstoß vor der Silhouette des Fuji oder dem Regenguss bei dem Dorf Shono. Doch die Folgen werden als kleine Momente festgehalten, eingefroren, zu denen sich der Betrachter dann jeweils die Geschichten denken kann, die ihnen vorausgegangen sind und ihnen folgen werden.

Auf diese Weise gestaltet auch Taniguchi seine schönsten Bilder. Nehmen wir nur das letzte auf der

VORWORT

fünften Seite des Kapitels »Nach dem Taifun«. Da balanciert der spazierende Mann auf einer Betonmauer, doch der Weg ist ihm versperrt durch ein Huhn, das von seinem Hund hier heraufgejagt wurde – eine Situation, die auf einen Blick Auskunft gibt über das Verhältnis zwischen Menschen und Tieren. Man weiß schon, dass es der Mann sein wird, der den Weg freigibt. Das ist das klassische japanische Erbe in der Manga-Kunst von Jiro Taniguchi.
Doch natürlich ist ukiyo-e nur insofern ein Einfluss, als dessen Liebe zum Detail, zur ungewöhnlichen Perspektive und vor allem zur allegorischen Darstellung Taniguchis Bildersprache tief geprägt haben. Mindestens ebenso wichtig für sie ist jedoch die genaue Kenntnis der Comic-Tradition, und hier ist es tatsächlich angebracht, von Comics und nicht von Manga zu sprechen. Taniguchi ist der große Wanderer zwischen den Welten, selbst ein spazierender Mann, der mit der größten Ruhe japanische und westliche Einflüsse miteinander vermischt, um daraus eine japanische Ligne claire zu schaffen, die ihm eine Sonderstellung in der Geschichte seines Genres verschafft hat. Und »Der spazierende Mann« war dabei ein entscheidendes Buch, denn es war das erste, mit dem Taniguchi außerhalb seiner Heimat bekannt wurde, als es 1995 in Frankreich als »L'homme qui marche« erschien. In Japan war es drei Jahre zuvor publiziert worden, parallel zu »Träume von Glück«, dem anderen Manga, der Taniguchis erzählerische Wende hin zu Geschichten markiert, die man privat und unspektakulär nennen könnte, in denen jedoch die Essenz menschlichen Lebens vorgeführt wird: Glück.
Der spazierende Mann ist glücklich. Er hat mit seiner Frau gerade ein eigenes Haus in der Vorstadt bezogen, sein Leben nimmt also eine neue Wendung. Und staunend lässt er sich auf all die kleinen Wunder der ungewohnten Umgebung ein und macht sich mit ihnen mehr und mehr bekannt. Wie

VORWORT

Detektive müssen wir mit ihm unterwegs sein, um etwas über den schmalen Fluss in seinem Betonbett zu erfahren, der nach Regenfällen zum gewaltigen Strom anschwillt. Oder in der glänzend komponierten Episode »Verlorenes Objekt« den Mikrokosmos von Passanten zu verfolgen, die alle ihre eigene Geschichte haben: von den halbwüchsigen Schülerinnen, die sich an einen Lippenstift wagen, bis zu der Joggerin, die zunächst den Anschluss an ihre Laufgruppe zu verlieren scheint und schließlich doch an deren Spitze zu finden ist. Taniguchi erzählt das alles in ruhigen Kreisbewegungen, die den Spaziergängen des Mannes nachgebildet sind. Nie zuvor sind im Comic Inhalt und Form einer Geschichte so grandios miteinander verschmolzen worden.

Und so bleibt nach der Lektüre auch dem Leser das Gefühl eines großen Glücks. Glück über ein Bild wie das der zerplatzenden Schneeflocke, die wir uns auf dem Brillenglas des Mannes vorstellen müssen. Glück über die wunderbare Zuflucht, die ein vom Regen durchnässter Spaziergänger ausgerechnet im Badehaus findet. Glück über den unglaublichen Blick aus dem Fenster eines fahrenden Busses, der inmitten der schemenartig vorbeihuschenden Häuser wie in einer Erscheinung den klar fokussierten Aufstieg zu einem Shinto-Park freigibt. Der Mann sieht diesen Weg, steigt spontan aus und spaziert den steilen Hügel hinauf. Seiner Frau wird er später erzählen, er habe den Fuji bestiegen. Und es ist wahr, denn die Wunder der Schönheit sind überall zu finden in der Welt des spazierenden Mannes.

Andreas Platthaus ist Redakteur im Feuilleton der »Frankfurter Allgemeine Zeitung« und widmet sich dort den Comics. Als Buch erschien zuletzt von ihm im C.H. Beck Verlag »Die 101 wichtigsten Fragen: Comics und Manga«.

DER SPAZIERENDE MANN

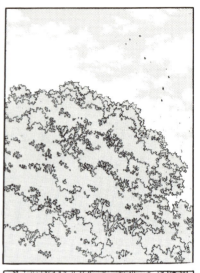

IN DER STADT

Tuuuut

Das macht 1.426 Yen, bitte.

* Stehaufkreisel

AUF DEM BAUM

Also, ich geh mal eine Runde!

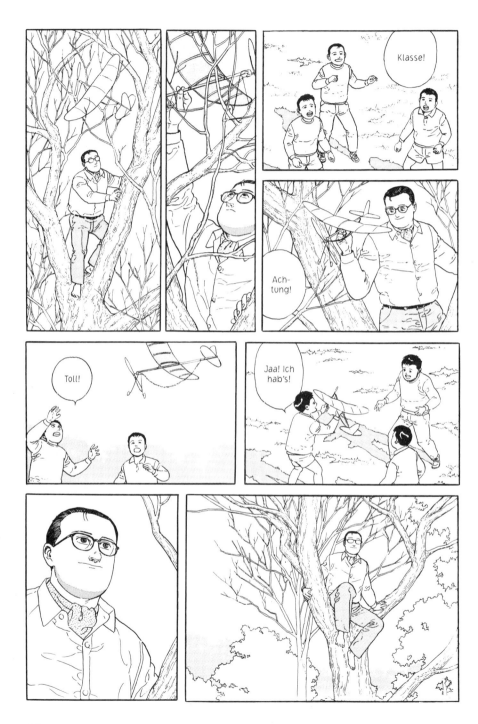

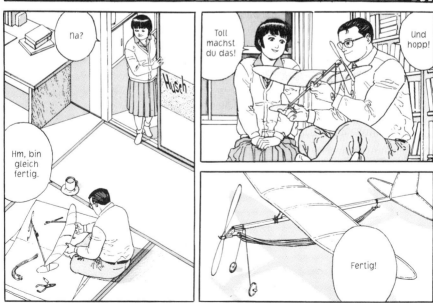

Sliplip
Los geht's!
Vrrrm

* Steinaufschrift: »9. Station«. Auf dem Mt. Fuji entspricht die 9. Station einer Höhe von etwa 3.500 Metern.

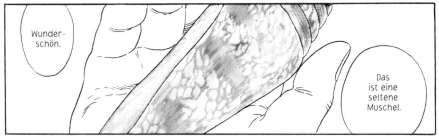

NÄCHTLICHES SCHWIMMEN

* »Großer Bildatlas der Muscheln der Welt«

* »Hademinangai: Länge 12,5 cm; verbreitet vom Indischen Ozean bis ins Südchinesische Meer; ziemlich selten; 1891...«

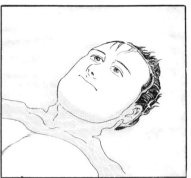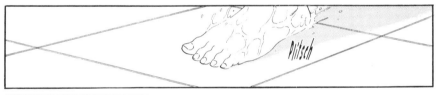

NACH DEM TAIFUN

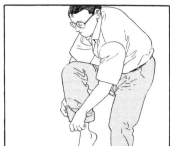

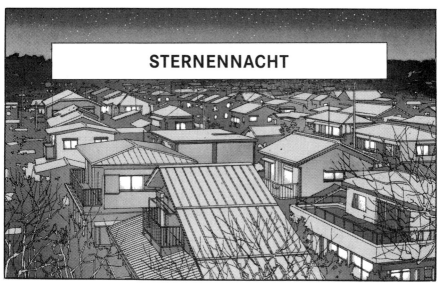

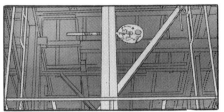

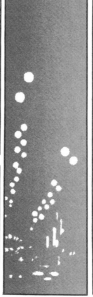

»Stille Nacht! Heilige Nacht! Alles schläft...«

Wau!
Wau!

* Film: *La Petite Voleuse* (F, 1988), dt. *Die kleine Diebin*

UNTER DEM KIRSCHBAUM

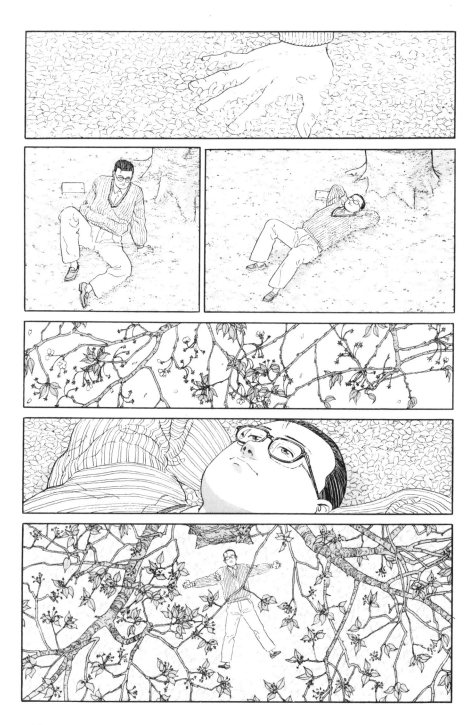

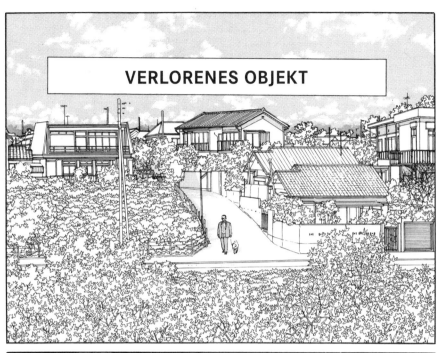

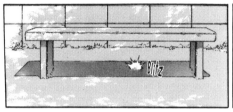

MORGENDÄMMERUNG

Ktonk

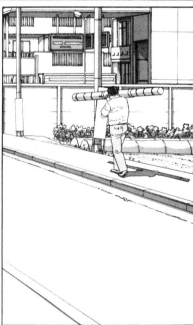

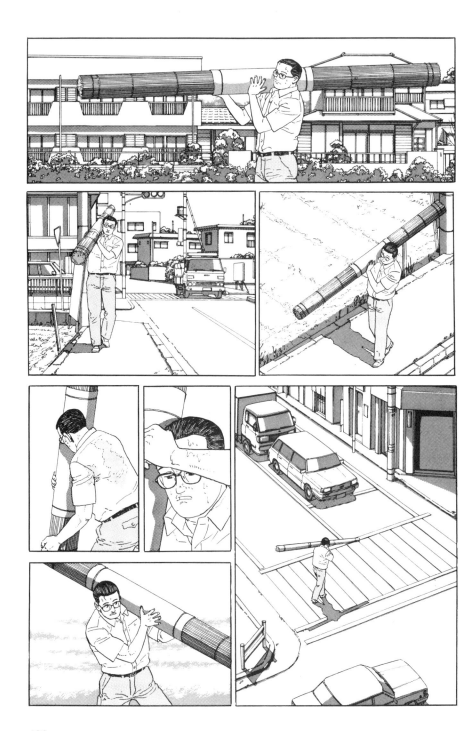

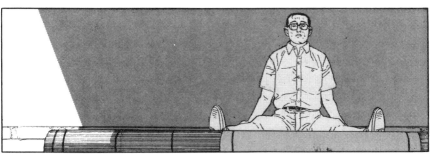

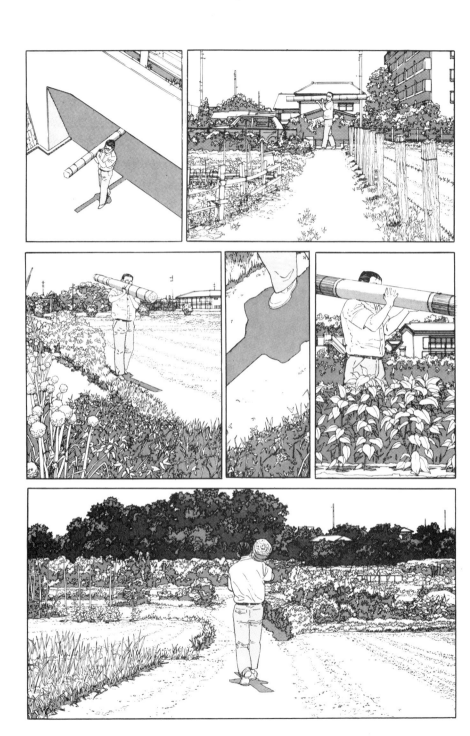

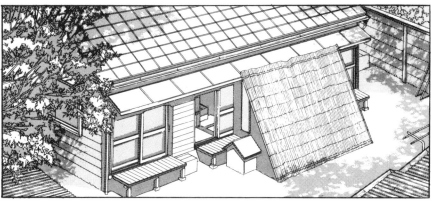

EIN SCHÖNES BAD

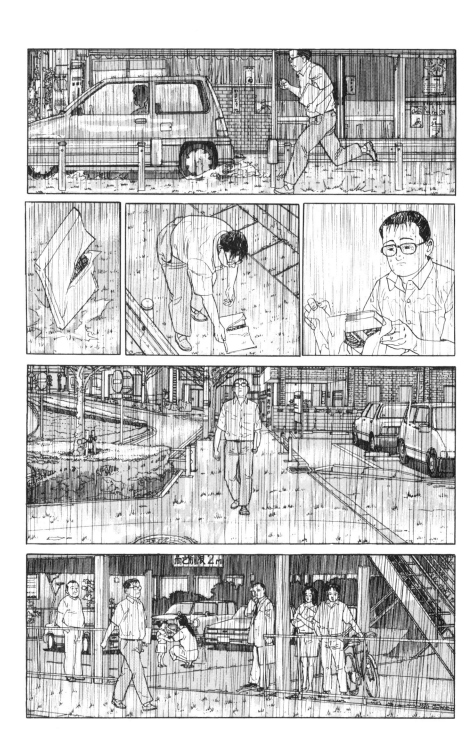

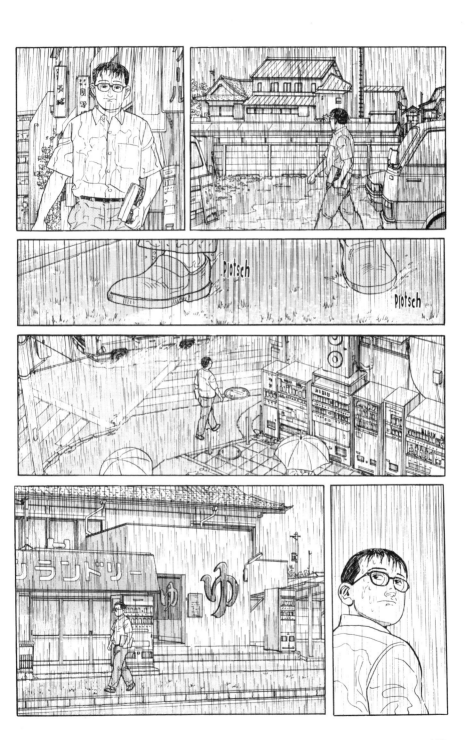

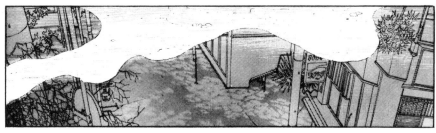

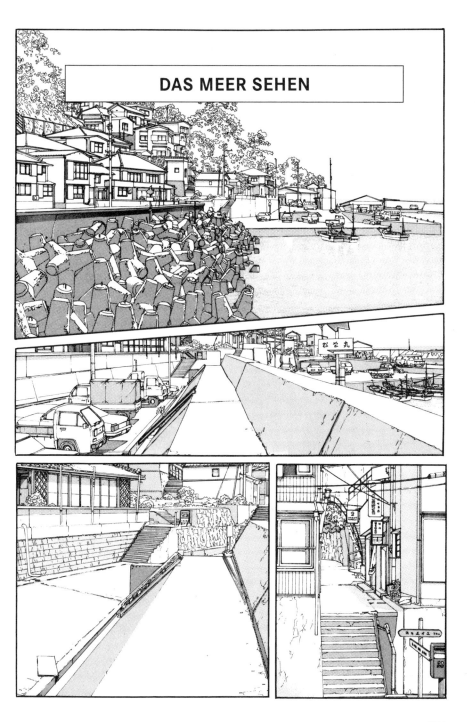

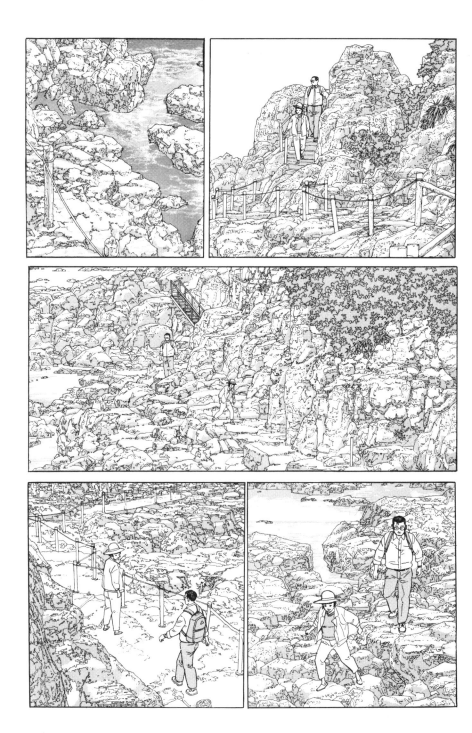

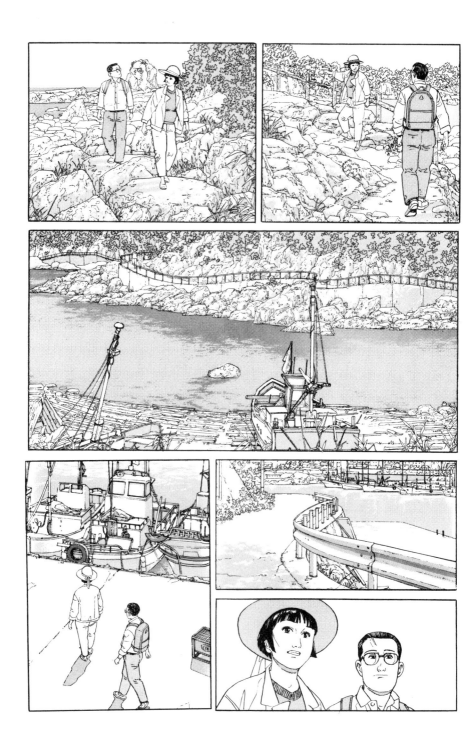

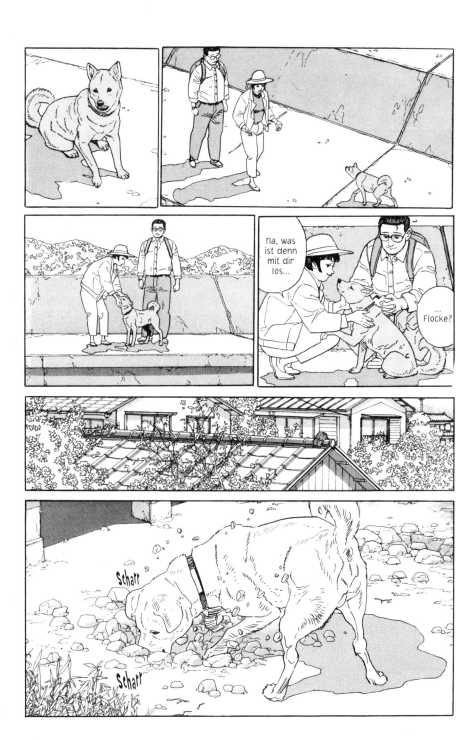

ZEHN JAHRE DANACH...

Eines Tages, aus einer Laune heraus...

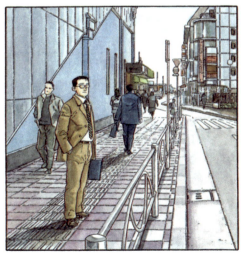

...stieg ich schon eine Station vor dem Büro aus dem Zug.

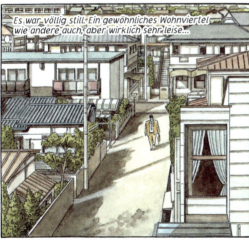

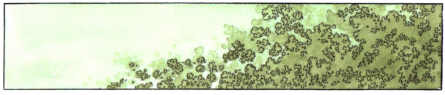

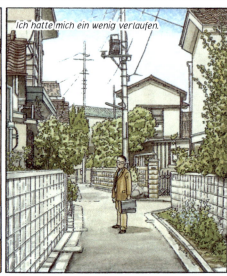

Ich fragte mich, woher dieser Fluss kam.

Ich entschied mich, ihm ein Stück zu folgen.

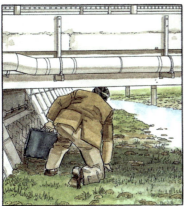

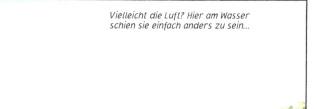

JIRO TANIGUCHI

Jiro Taniguchi wurde am 14. August 1947 in Tottori, Japan, geboren. Nach dem Abschluss der Highschool arbeitete er bis 1971 als Assistent des Mangaka Kyuta Ishikawa und brachte 1972 seinen ersten eigenen Manga **Kareta Heya** heraus. In den darauf folgenden Jahren veröffentlichte er eine Reihe von Manga verschiedenster Genres. 1974 lernte er den Journalisten Natsuo Sekikawa kennen und unter seiner Mitarbeit entstanden in der Folgezeit Krimi-Geschichten wie **Jikenya Kagyo** (Trouble is my business, 1979) oder **Hotel Harbour View** (1986). Mit Carib Marley schuf er zu Beginn der 1980er-Jahre mehrere Boxergeschichten, wie zum Beispiel **Nakkuru – Ken no Ran** (Knuckle Wars, 1983).
1986 erscheint der erste Teil von **Botchan no Jidai Kara** (dt. etwa: Zu »Botchans« Zeiten, Szenario: Natsuo Sekikawa), einer Arbeit über das intellektuelle Leben in Japan gegen Ende des 19. Jahrhunderts. Dieses Werk kann als der Wendepunkt in der Karriere des Jiro Taniguchi gesehen werden, er etablierte sich als ernst zu nehmender Mangaka und wurde mit Beendigung der fünfbändigen Serie 1998 mit dem Osamu-Tezuka-Culture-Award ausgezeichnet.
Neben weiteren Genre-Arbeiten wie **Kaze no Sho** (Samurai Legend, 1992) oder **NY no Benkei** (Benkei in New York, 1994) begann er seinen Geschichten einen persönlicheren Ton zu geben und mehr aus dem Alltäglichen heraus zu erzählen. So hat er in der Geschichte **Inu o Kau** (dt.: Träume von Glück), die im Magazin »Big Comic« 1991 das erste Mal erschienen ist, das langsame Sterben eines Hundes unter den Augen seiner Besitzer sensibel verarbeitet. Für diese Geschichte erhielt er 1992 den Shogakukan-Manga-Award. Danach widmete sich Taniguchi 1992 für das Magazin »Morning« von Kodansha der vorliegenden Kurzgeschichtensammlung mit dem Titel **Aruku Hito** (dt.: Der spazieren-

de Mann), mit der ihm Mitte der 90er-Jahre der Durchbruch auch in Europa gelang. 1994 folgte **Chichi no Koyomi** (dt.: Die Sicht der Dinge) und 1997 erschien bei Shogakukan **Harukana Machi-e** (dt.: Vertraute Fremde), für das Taniguchi im Jahre 2003 auf dem Comicfestival in Angoulême den Preis als bester Szenarist erhielt – der erste Comic japanischen Ursprungs, der in Angoulême ausgezeichnet wurde.

Ebenfalls für »Morning« zeichnete Taniguchi im Jahre 2000 die Geschichte **Ikaru**, die von dem Franzosen Jean Giraud alias Moebius geschrieben wurde. Von 2000 bis 2003 entstand nach einer Geschichte des Schriftstellers Yumemakura Baku das Bergsteigerdrama **Kamigami no Itadaki** (dt.: Der Gipfel der Götter). Er erhielt für diese Serie 2001 den Media-Arts-Festival-Award sowie in Angoulême 2004 den Preis für die besten Zeichnungen.

Heute arbeitet Taniguchi gemeinsam mit drei bis vier Mitarbeitern in einem Studio in Tokyo, und manche seiner Werke werden verfilmt, wie etwa **Vertraute Fremde**. Im deutschsprachigen Raum wurde dieser Band bereits zweimal ausgezeichnet – als »Comic des Jahres 2007« sowie mit dem Max-und-Moritz-Preis auf dem Comic-Salon Erlangen als »Bester Manga«.

JIRO TANIGUCHI BEI CARLSEN

Vertraute Fremde
Die Sicht der Dinge
Träume von Glück
Der spazierende Mann
Von der Natur des Menschen
Ein Zoo im Winter
Der Himmel ist blau, die Erde ist weiß
Der Kartograph
Der Gourmet – Von der Kunst allein zu genießen
Der Wächter des Louvre

JIRO TANIGUCHI BEI SCHREIBER & LESER

Der Wanderer im Eis
Die Stadt und das Mädchen
Gipfel der Götter (5 Bände)
Bis in den Himmel
Wie hungrige Wölfe
Sky Hawk
Enemigo
Trouble is my business

Weitere Bände in Vorbereitung